腾冲的美说不完，也永远看不够

我在腾冲

羽翼————著

等着你

作家出版社

作者简介

羽翼，彝族，外号——余歌子。

行走在山水之间，品味着曼妙烟火。一生思考三个维度，人、自然、人与自然。常年与人打交道，却学不到识人之本事。活在严肃与天真、复杂与简单的矛盾之中，被现实一次次击败的完美主义者。人生三喜好，抽烟、喝酒、写诗文。为自己写诗，为朋友作歌。

作品在国家级、省级、市级均有发布。诗歌作品《分水岭》《伟大的土地》《舞台》《榕树的情怀》《心中永远的河》等在《边疆文学》刊发专栏。散文作品《刚毅坚卓》《张千一的云南情》在《光明日报》发表。

主要歌词作品有《依恋澜沧江》《爱在佤山》《我在腾冲等着你》《天下和顺》《梦寻高黎贡》《不依不饶》《心不远路就不远》《我们的故事》《在银杏树下》《美丽的地方就是美丽》《哪个舍得你》《红色之光》等。

2012年中国唱片总公司出版《春之歌 — 羽翼作品精选》CD专辑。其声乐作品多为地域性、民族性，具有真情实感，由感而发的个性。在生命高低起伏的旋律之中，自认为活得真实，活得纯粹，在并不完美的人生中找到了属于自己的那一片天空。

目录

岁月的恋歌

自　序

　　每个人都可以仰望星空，每个人又都必须低头走路。这是理想与现实的差距，也是现实通向理想的必然选择。

　　作为一个自然的生命，应该都是一个由生向死的过程。而在这个过程当中，所有的奋斗牺牲，所有的付出都是为了让生命变得更有意义。

　　在这个过程当中，所有的相遇相随，所有的曲折磨难、悲欢离合，所有的痛苦和快乐都是为了让生命变得更精彩。

　　长期以来，我的工作与创作没有直接的关系，我的工作需要观察、思考、分析和行动。源于思考的习惯，偶尔动手记录一些所思所想也在情理之中。在耿马、沧源、云县一带工作期间偶有诗文在地方杂志刊载……

　　那一年，与著名作曲家张千一相识、相知成为挚友，他说我的诗歌具有歌词的特点，让我尝试给他写歌词，受此鼓励我开始了歌词创作的实践……

　　那一年，我到腾冲工作，腾冲的大美，惊艳了我的世界，无处不在的感动成了我坚持写作的最好理由。在这期间，写了很多关于腾冲的诗、歌、散记。

　　腾冲是一块百看不厌的翡翠，腾冲是一处世间少见的地质奇观，腾冲是一条古往今来的丝绸古道，腾冲是一段荡气回肠的抗战历史，腾冲是一部散落边地的汉书，腾冲是一片大开大合之地。腾冲的美说不完，也永远看不够。只有那首歌，那首《我在腾冲等着你》一直在回响，在回荡……

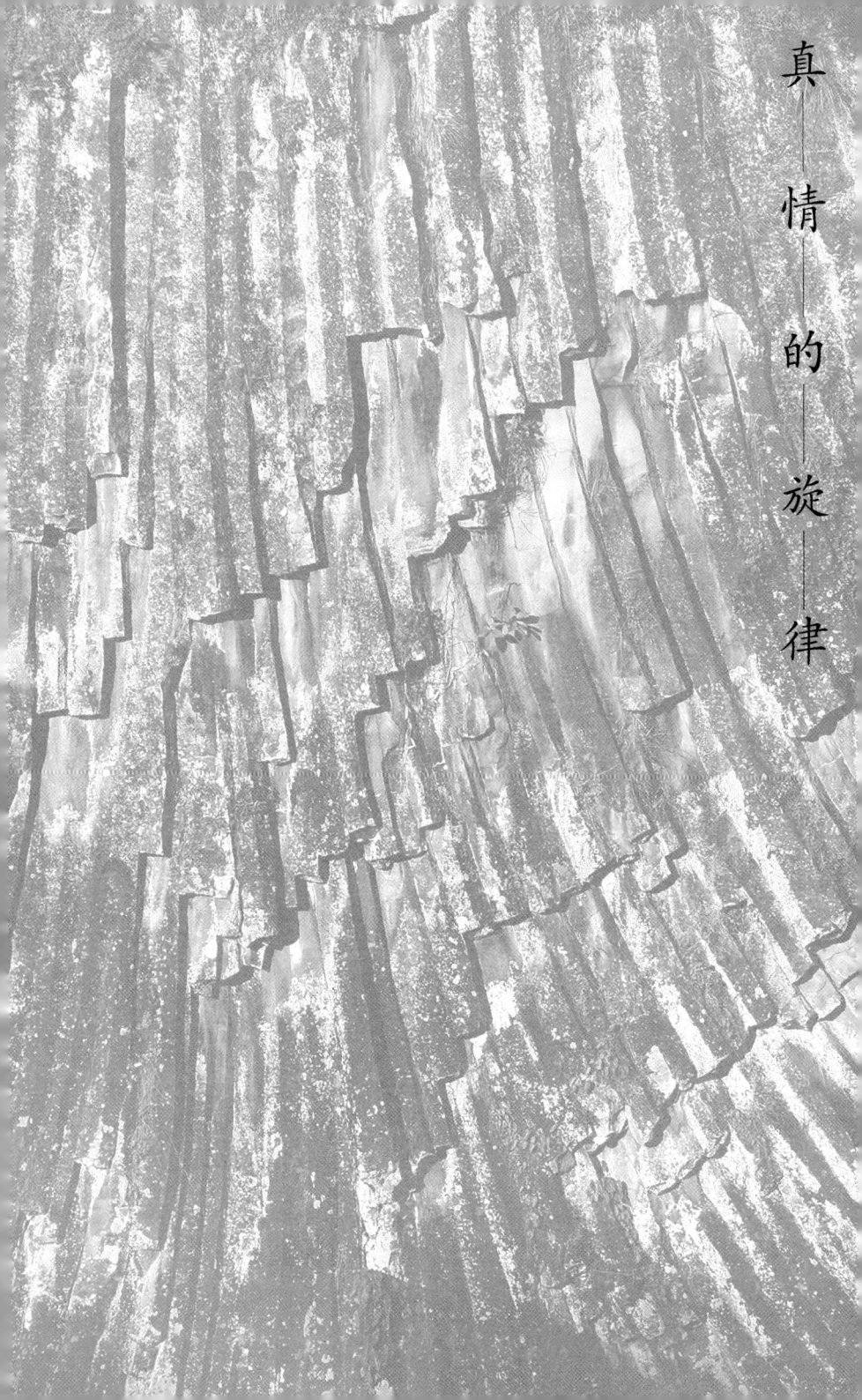

真
情
的
旋
律

我在腾冲等着你 [歌]

等着你　等着你

我在高黎贡山下等着你

这里的山花日日为你开放

我们曾在此相遇

等着你　等着你

我在热海边上等着你

这里的泉水夜夜为你歌唱

我们曾在此相知

等着你　等着你

我在神柱身边等着你

这里的鱼儿时时为你祈愿

我们曾在此相约

等着你　等着你

才分别又想着要见面

我在腾冲等着你

腾冲在我的怀抱里 [歌]

山在江河的怀抱里

和着风　伴着雨

相偎相依

云在天空的怀抱里

一朵朵　一片片

相连相依

海在地球的怀抱里

踏着浪　唱着歌

相爱相依

腾冲在我的怀抱里

美着天　美着地

美在心里

腾冲在我怀抱里

情系你　情系我

相恋相依在这里

相约腾冲 [歌]

踩一片云

一片多彩的云

顺着风

我们相约

相约在鲜花四季的腾冲

捧一朵浪花

一朵润物的浪花

顺着水

我们相约

相约在青翠万年的腾冲

走一程路

一程记忆的心路

顺着星辰

我们相约

相约在如歌如梦的腾冲

集一方真情

一方永恒的真情

顺着真爱

我们相约

相约在风情万种的腾冲

来来来

我们相约

相约在腾冲

美在腾冲

走向你

走向高黎贡

唱着青藏高原的牧歌

踏着中南半岛的鼓声

五个纬度的时空跨越

把山与海紧紧相连

于是万物在这里交汇

生命在这里繁衍不息

爱在这里无悔而博大

走向你

走向火山热海

亿万年前的激情闪烁

演绎成天下的奇观

九十九座无顶的山口

八十八处滚烫的泉水

传颂的是自然界无穷的力量

呈现的是山水相依的绝美长卷

歌唱的是人间情义的真谛

走向你

走向千年银杏

必然或是偶然

银杏在江东生长成林

当同类渐渐消亡

这里却是一茂千年

成为人类研判的化石

抖落的那一片片金黄

是永不迟到的春夏秋冬

走向你

走向和顺

当远古的马队驻足这里

这里便化为神奇

当小小的图书馆建在这里

这里便成为传播文明的摇篮

一代哲人从这里走出

多少财富从这里传说

传说的是丝路艰辛的感人故事……

走向你

走向美的殿堂

当这里谓之腾冲

腾冲便成为解读美的密码

杜鹃伴着神柱

少女梦着翡翠

盛开在湿地的鸢尾花

飞翔在山涧水涯的鸟儿

谱写的是国色天香的赞歌……

走向你

走向神奇美丽的腾冲

三月的腾冲

我的眼里有一幅画

我的心里有一种美

只要翻开三月的日历

我的心儿就怦怦怦地跳

跳得生怕惊了他人的春梦

跳得生怕醒了我安睡的魂

天空皓月孤悬

山顶白雪皑皑

山腰青丝玉带

山脚一片花海

这从天到山到地的造型

是三月间最立体的腾冲

和睦村的茶花开了

一开就是五百年

一树一树的红呀

又一地一地的艳

灼伤了多少人的眼睛

撞开了多少人的情怀

山坡上的青梅树

开满白色的小花

远看雪花起舞

近看白里透红

美如少女的肌肤

舍不得让你轻轻地触碰

湿地上的鸢尾兰

小心翼翼地探出头

摇曳着暖暖的风

倒映着清清的水

是有意还是无意呢?

非要在这个时候来争春

油菜花是腾冲的新宠

绽放在高黎贡山脚下

徜徉在火山热海的怀里

那一层一层的金黄呀

如歌、如梦、如诗画

这是腾冲最美的三月天

这里的山已经很美

这里的水已经很秀

为什么还要如此花开似海

为什么还要如此五彩斑斓

难道是我的爱还不够深

难道是我的情还不够浓

翻开三月的日历

就翻开三月的美

三月的美就是腾冲的美

惊艳着天空

惊艳着大地

惊艳着这天地人和的大世界

天下和顺 [歌]

你是千年古梦萦绕在记忆的沧海

和顺

心灵的方向

你是高山流水万物交融的诗篇

和顺

理想的天堂

和顺　和顺

天下和顺

和顺　和顺

天地人合唱的歌声

你是祭奠古镇的传说

闪烁着丝路的光芒

和顺

不变的希望

你是装满鲜花的家园

笑迎天下有情人

和顺

永远的向往

和顺　和顺

天下和顺

和顺　和顺

天地人合唱的歌声

感悟和顺

多少次从你身边走过

忽视了你的流光溢彩

带着愧疚的心情

悄悄走近你

漫步小桥

凝视小河

满眼盛开的荷花

辉映着古朴的老屋

我醉了

醉在这诗情画意里

久违了

静静的和顺

此景只应天上有啊

不知何时到了人间

多少次从你身边走过

未曾禅悟你的真谛

带着虔诚的心

踏上归程

从弯楼子的古道

走过月台

攀谈熟知的乡亲

坐在誉满小巷的茶馆

品味你

我流泪了

泪从心底涌出

往事如烟云啊

和顺

心的方向

再一次从你身边走过

带着崇敬的心情

走向哲人故里

仿佛那一盏灯

还在亮

还在闪光

一卷书雄

何止百万兵啊

民众觉醒只在一瞬之间

我悟了

感悟这一方水土

启迪了一个真的勇士

和顺

不变的希望

再一次从你身边走过

走向原野

来到白鹭栖息的田园

鸟声水声

还有晚归的牧歌声

合奏的是天人合一的乐章

和顺

生命原来如此激扬

快乐原来如此简单

得失是这样地公平

我累了

我想睡了

我要睡在你的怀抱里

我愿意永远不要再醒来……

梦寻高黎贡 [歌]

走近

慢慢地走近

嗅不够那熟悉的芳香

百转千回哟

呼唤我的是我亲爱的妈妈

走近

悄悄地走近

听不够那百鸟齐鸣的声音

高唱低吟哟

迎接我的是我亲爱的妹妹

走近

温暖地走近

看不够那袅袅炊烟的老屋

迟归的游子哟

迎接我的是我敦厚的乡亲

啊

高黎贡

永远美丽年轻的母亲

寻问高黎贡

一

总是在夜深人静的时候

又情不自禁地想念了你

那么熟悉又那么的陌生

是因为曾经亲密相伴

还是因为分别得太久

青翠欲滴的叶子

娇媚如水的花朵

在这春夏秋冬的交替之中

总是衬托着这方山水的风采

蜂蝶起舞 ——

百鸟欢歌 ——

虫蝉共鸣 ——

蛙声一片 ——

还有 —— 孟加拉虎走过的吼声

那棵大树杜鹃开了一千年了吧

为什么今天还是那么鲜那么红

难道是时光也想在这里停留吗

还是你本就是生命青春的标本

听说那棵红豆杉也有三千年了

可如今还是如此的挺拔和青涩

是为了要伸向这蓝色的穹顶吗

还是因为你生命的根扎得太深

古老的银杏树有多古

激越的龙川江有多长

老人们谁也说不清

年轻人谁也道不明

悠悠往事　无穷无尽
在这片火山燃烧过的土地上
有多少传奇故事与你有关
有多少人曾经悄悄地走过

二

总是在不经意间仰望着你
语里话间充满深深的思念
那么的亲近又那么的遥远

是为了那一次激烈的拥抱
还是为了这无限期的等待

热海有多热
黑鱼河有多清
柱状节理有多神奇

只有亲眼所见方可知道答案

当印度板块和欧亚板块 ——

在亿万年前第一次握手

在山崩地裂的交错之中

你便披上了一层神秘的面纱

九十九座火山

八十八处温泉

刚性的、柔性的、随性的

处处充满着无限的生机与活力

从你身上流淌下的雨水

向东去了瑞丽江

向西进了大怒江

从此，你一肩挑起了两片海洋

你头枕着青藏高原

脚踏入中南半岛

从南到北，从北到南

有多少个生命共同体在这里成形

南方丝绸古道在这里延伸

切石成翠的传奇从这里开始

在风雨驻足的百花岭之巅

青石上的马蹄印见证了时间的长度

三

总是在特定的日子想起你

看山、看水、看红尘 ——

那么的清晰又那么的模糊

难道是六根不能清净

还是前尘往事如云烟

和顺的白鹭还在飞吧

界头的花海还仍旧吗

从亚热带到温带到寒带

哪里都是你哺育的生命

你昂扬着坚硬的头颅

怒吼着一切入侵的敌人

在抗击法西斯的炮声中

你用鲜血浇灌了一片英雄的土地

一路向北吧

从怒江大峡谷出发

穿过神秘的独龙江

去寻找你走过的所有足迹

一路向南吧

从猴桥口岸出发

翻过远征军走过的野人山

去追寻你潜心入海的踪影

有人说你是一座山

有人说你是山中之山

也许，这就是你的特别之处

因为，还有人把你叫作母亲

你有着博大的胸襟

养育着万物而从不争

你是大爱大善的化身

我要紧紧地紧紧地把你搂在怀里

这一天 [歌]

这一天

我们牵手

走向高黎贡

唱着青藏高原的歌声

品味饮水思源的真谛

这一天

我们牵手

走向高黎贡

追逐着三江并流的浪花

倾听着大海的声音

这一天

我们牵手

走向高黎贡

徜徉在大地的怀抱

轻轻地

把妈妈歌唱

依恋澜沧江 [歌]

悄悄从我枕边流过

来不及思考

来不及表白

留下你的声音

回荡在白云蓝天

悄悄从我的梦中流过

来不及思考

来不及表白

舞动你的身影

回转在白云蓝天

请别走 慢些走

你是我永远的依恋

请别走 慢些走

让我和你一起流向天边

我的祝福是昌宁 [歌]

山上的杜鹃花开了

山下的茶园绿了

我要把它采回家

做成最美的礼物

送给可爱的母亲

澜沧江水清了

江边的人儿笑了

我要写首情诗

把它谱成最美的歌

唱给亲爱的母亲

当晚霞映红了天边

思念就会从心中升起

当阳光洒满了家园

温暖就会从歌中流淌

祝愿百年昌盛

祝愿万家安宁

祝愿昌盛安宁

我的祝福是昌宁

东山的湖

东山的湖有点蓝

是那种很深很深的蓝

我来的季节是在中秋之后

风轻轻地吻着湖面

也轻轻地抚着秋草

我的心泛起了一丝的涟漪

天鹅悠闲地游戏着

似天上白云撒落了几朵

我情不自禁地打开了记忆的窗口

银杏的叶子已经金黄

远方的朋友拍下了美的视频

我在这里拥抱着整个的秋天

这里的秋天有多美

问问那个摆造型的小姑娘吧

我带着不依不舍的心情又要远行

下次再来造访吧

只是不知下次是哪一次

我只好把这思念深深埋在土地里

约一回吧

只要不是隔得太久

我就永远在这山水之间等着你

东山那一片草原

我的眼里有一片草原

不是很大，也不算太小

刚好装得下整个的腾冲

如果美丽可以解释的话

这里已经有了完整的答案

狗尾巴草不是这里的主角

格桑花、野荞花、燕尾兰

还有一些叫不出名的小野花

它们随意而生，随性而长

不用表白就送出一阵的清香

一只山鹰从天空飞过

它总是喜欢独往独来

在春夏秋冬的交替之中

巡视着这里的一草一木

云岭牛也是这里的主人

它们大摇大摆地行走

它们在这里生儿育女

它们在这里衣食无忧

腾冲人爱恋着东山

因为，东山是一片大草原

小伙子在这里弹琴

小姑娘在这里歌唱

有事无事来闲闲

因为，这里处处装满回忆

来也匆匆，去也匆匆 ——

人啊，永远只是时光里的过客

那棵香樟树在风雨之中

一站就站了五百年

从不孤独，从不寂寞

因为，这里还有蓝天和白云

小湖泊星罗棋布的

它们是这草原的眼睛

它们对视着深蓝苍穹

它们收录着无限星辰

小野鸭出双入对

小飞鸟欢腾一片

走一走，坐一坐

哪里都是美景如诗画

我不知道天堂的模样

却很享受这里的如梦如幻

这是灵魂的安放之地

这是身心愉悦的港口

我想在这里长醉

也想在这里长思

在一波一波的蝉声中

真正做一回大自然的情人

归去吧

来一场风雨交响吧

在东山那片多彩的草地上

去寻找自己曾经的青春印记

跟我阿苏赛 [歌]

心中装着爱

话里都是情

山高路远来相会

只因想唱那支歌

阿苏赛

跟我阿苏赛

我们一起阿苏赛

肩上扛着歌

脚下踏着舞

隔山隔水来相会

只因爱打那场歌

阿苏赛

跟我阿苏赛

我们一起阿苏赛

渐 悟

在钱塘江边观潮

听野蛮与文明的争吵

由远而近，由近而远

他们争吵了一万年

物理空间到虚拟世界

是当今最近的距离

零到九的数理逻辑

是地球最厚的长度

在互联的时代

在链接的云端

南北不再遥远

东西就在我的指尖

那个在海边长大的人

玩弄着云的游戏

秒杀着他人的尊严

最后，被上帝抛下了神坛

人头攒动的西湖

装不下曾经的美丽

失魂落魄的我

怎么也走不进她的心里

我想起了故乡

想起故乡那一条江

在崇山峻岭之间

在蓝天白云之间

我要回到江边

顺江而下

到天边，到大海

在海天一色处裸露自己

我要回到江里

逆流而上

看源头，看高峰

在遍体鳞伤处寻回自己

翠之韵 [歌]

沉睡了亿年

孤独了万年

静寂了千年

山水消融

万物深藏

人间沧桑感化

深藏的你一经出世

就有惊艳之美

惊艳之美

端庄是你的礼仪

厚实是你的品质

简单是芙蓉出水的真容

深藏的你一经入流

就会永远相随

永远相随

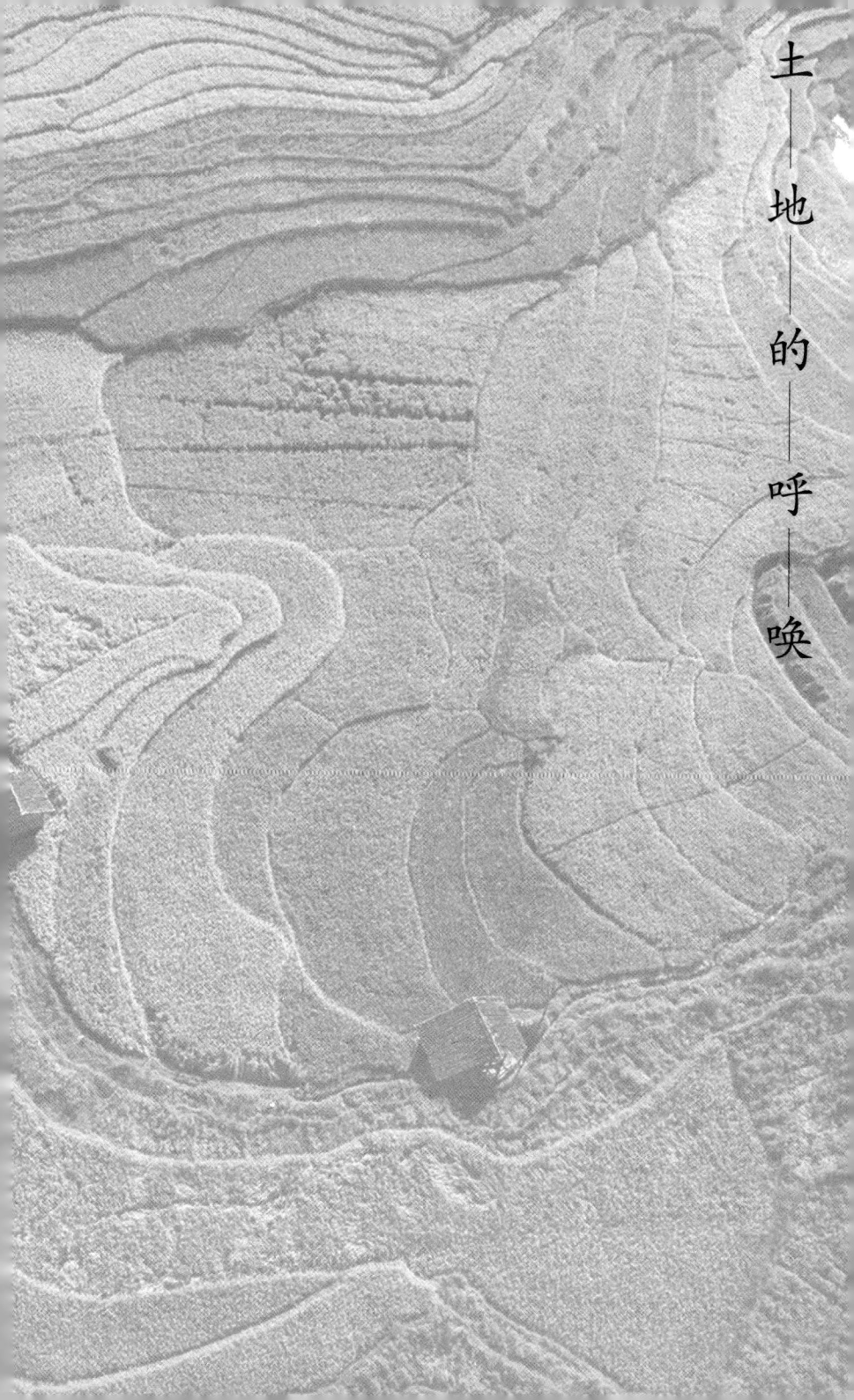

土　地　的　呼　唤

醉美在临翔 [歌]

有一种情怀叫昔归

那是千百年蕴藏的甘甜

你知或不知　她就在那里

澜沧江里流淌着依恋

依恋是最深情的呼唤

有一种遇见叫南美

那是千百度众寻的佳人

你去或不去　她就在那里

玉龙湖里装满着美丽

美丽是最长久的相伴

有一种风韵叫临翔

那是千百次梦回的家乡

你在或不在　她都在那里

海棠花唱醉了四季

唱醉了家乡

醉美在临翔

昔 归

多少次梦见

那片火烧的云

当夕阳归去的时候

我站在你必经的路口

为了曾经的约定

冰雪融化了白年的深情

多少次回望

那流淌在江里的蓝

当阳光洒满了山谷

我守候在晚归的渡口

为了不变的承诺

岁月带走了少女的容颜

多少次想念

那熟悉的味道

当雨露滋润了万物

我采摘下一片春天

为了昔归的甘甜

时光定格了年轻的心灵

我的乡愁

有一种乡愁叫思念

挂在天上，立在地上

岁月很长，她也很长

像附在身上的无根幽魂

我到哪里，她就跟随到哪里

今天的风吹着昨天的雨

那棵老树又长出了新芽

长成了山，长成了河

长成了那个温暖的背影

背影是躺在草地上的牛

背影是跟在你身后的人

背影是揣在怀里的底片

背影是挥之不去的乡愁

乡愁是静默的高山

乡愁是奔腾的河流

乡愁是解不开的结

乡愁是清明时节的纷纷雨

乡愁是思念的琴弦

思念是我永远的乡愁

回　望

一遍又一遍地回望

一次又一次地回想

那山那水那静的山谷

埋葬了多少人间故事

埋藏了多少爱的秘密

你在其中，我也在其中

一天又一天地回望

一夜又一夜地寻找

那天那地那昨夜星辰

天上有多少星星

地上有多少五谷

孔子说不清，老子也道不明

回望是今天的心情

回望是今夜的思考

那一年那一月那一天

有多少次的相聚 ——

就会有多少次的分离

天知道，地知道，你我都知道

山　谷

冬日的太阳很慵懒

人的情绪也很慵懒

我躺在静静的山谷

看一整天的蓝天蓝

听一百遍的小鸟歌唱

心灵随小溪自由地流淌

不远处有一矮矮的老屋

它应该是某个人留下的乡愁

远方有一高高的山峰

山峰上一只雄鹰正在翱翔

我仰望山峰一千次

山谷拥抱我一万回

我向往高高的山峰

我更爱这包容万物的山谷

不远处有一些矮矮的坟墓

它应该是某些人永远的乡愁

荒废的麦田

这里曾经风吹麦浪

这里也曾欢歌笑语

这里是人们世代守望的麦田

这里是人们播种希望的地方

当岁月完成了净化

当人们选择了远方

当我们不再热爱麦田

荒废已经是不可避免的事实了

我带着满满的回忆

徘徊在这曾经的麦田

那些小的野草

那些小的野花

那些正在长大的小树

还有那几头低头吃草的水牛

足以证明土地就是土地

仍然用自己的方式哺育着新的生命

村里的老人少了

他们到地的下面去了

他们成了土地的一部分

村里的年轻人少了

他们到城市里去了

他们成了城市里的拓荒者

那个曾在这里追逐萤火虫的少年

是否还在坚持着自己曾经的梦想呢

独龙江·伊洛瓦底江 [歌]

我听见从天边传来春雷的声音

草原是大风吹动的经幡

炊烟是父亲编织的家园

我是妈妈最美的女儿

住在开满鲜花的地方

梳洗着万物共生的画卷

书写着人间最美的故事

我看见一条绿色的河从天上流过

朵朵白云是飘洒的浪花

座座青山是坚守的身影

是谁把你叫作独龙江

是谁把你叫作伊洛瓦底江

难道是大海的呼唤

难道是喜马拉雅的眷恋

独龙江

伊洛瓦底江

你是我梦回千年的最初爱恋

那列火车

火车穿过隧道的瞬间

时针指向下午六点

灵魂将我的身份证藏匿了

他说，他想休息了

他说，他不想随我流浪了

有一条江在召唤我

有一座山在等待我

有一群人在家乡念我

有了这么多的理由

于是，我的肉体上了那列火车

一只红蜻蜓

蜻蜓飞过田野的瞬间

感觉时光回到了童年

那一年的那一些时光

我喜欢跟在父亲的后面

喜欢那充满神秘的田野

生产队收割稻子的时候

我在追逐一只红色的蜻蜓

山里的孩子没有太多记忆

只记得那只红色的小蜻蜓

红蜻蜓进了童年的世界

也住进了我年少的梦里

它带来了快乐 ——

也带来了忧愁 ——

只是，快乐很短，忧愁很长

人生很短 ——

道路很长 ——

风雨之后 ——

有多少人能真的拥抱彩虹

只有红蜻蜓的回忆和相思

回忆如酒 —— 杯杯入愁肠

相思如海，千层浪，难回首

根 [歌]

是谁在遥望远方

遥望那古老的森林

是谁把根扎向大地

用挫骨盘筋的气节

托起那片绿色参天

这是根的力量

这是生生不息的希望

是谁在仰望蓝天

仰望那生命的图腾

是谁传递不熄的火

用执着不变的信念

书写那篇金色传奇

这是根的情意

这是天地相连的血脉

根是穿透岩石的水

根是钻木取出的火

根啊

你是生命的火种

体悟生命的本源

也许我是一棵缠绕大树的青藤

永远无法掌控自己的方向

在风声雨声的交响中

我愿意聆听大地的回声

在物欲叠加的时代

守护好，生命的本源

也许我是杂技剧里的那个小丑

怎么也成不了舞台的主角

在人们捧腹的笑声中

我愿意朗诵真善美的真言

在真假混杂的社会

坚守好，生命的本源

我喜爱大山，也享受江河

在最荒凉的路径上

有一块坚硬的顽石

始终保持着自己的姿势

我愿意为它写诗点赞

这是存在最好的标本

我热爱青春，也喜欢美丽

在奋斗和拼搏的征程中

不用青春做代价

不需美丽当筹码

只要是随心而动

一切都是最好的安排

也许我就是天上飘洒的云朵

始终摆脱不了被风吹散的命运

在万物交融的季节里

我愿意为春秋而起舞

在过去和未来的日子

始终遵循生命的本源

也许我就是那长在路边的小草

永远都是被人踩踏的对象

在满天星斗的夜里

我愿意为天下生灵歌唱

在抗争与妥协之间

付出是生命的本源

我向往阳光，也天生悲情

在得与失的较量中

我用善良做秤砣

用真情做秤杆

用良心做秤星

用一生去称出生命的本源

我知道名利的属性

也知道自己的内心

在短暂的生命周期里

我愿意用孤独做代价

用伤痛做赌注

用生命去体悟生命本源的意义

长夜随笔

在我的眼里

始终有一片残阳

消失在太阳落下的山上

那带血的丝线

将夜幕徐徐拉开

一只落单的大雁，向北飞去

一个悲壮的身躯，倒向大地

在夜黑风高的地方

有人在布一局残阵

在黑白世界的搏杀中

谁知道？谁是真正的赢家

在我的心里

始终有一束阳光

能够穿透风雨的绞杀

带着原始的初恋

将山川、河流，温情呈现

春燕如期归来

山花依次绽放

在夜深人静的时候

有人思考着春天的行动

在山间田野的棋盘中

我知道，善良才是人间正道

在我的梦里

始终有唤我乳名的声音

穿越了时空阻隔

夜夜来到月下的床前

那些灵魂深处的记忆

澄清了云雾笼罩的山脉

惊醒了想要睡去的双眼

在爱或不爱的边缘

我坚持着最初的童心

在伤痛和逆境之中

我感谢生命，感谢生活

自言自语

为什么总是让我今夜无眠

难道是因为那一曲霸王别姬

还是因为你早已酿就的烈酒

燃烧着肉体

煎烤着灵魂

我呀！——真的是无处可逃

离开了土地

进入了容器

在你的实验室里想再次涅槃

想读懂长夜

想拥抱明天

难道是为了点燃那诗的火苗

为什么总是让我今夜无眠

难道是因为那一曲霸王别姬

还是因为你早已酿就的烈酒

愿 望

我想去追赶太阳的影子

一路向北、向北

夜晚住宿卡瓦格博

清晨抚摸那条叫金沙的江

渴了，就喝一口金沙水

饿了，就在江边刨一个红薯

我想去寻找梦中的香格里拉

尝一口苏里玛的酒

听一首卓玛的歌

一个人，看满天的星光

我想饮一捧拉萨河的水

把自己倒映进雪山里

仰望历史的布达拉宫

将脚步放轻，将声音屏蔽

我想在那里跪上三天三夜

白天让太阳烤焦肉体

夜里让月光清洗灵魂

然后，默默地吟诵济世经文

我想在青海的湖边做一次长思

从黎明到黄昏

感受仓央嘉措消逝的过程

轻轻地吟唱《在那东山顶上》

我想踏上新疆那神秘的土地

从南疆到北疆

从天山到吐鲁番

在那遥远的地方，有位好姑娘

我想去长白山做一次徒步

在松花江边，在鸭绿江畔

为那些长眠的战士

高歌一曲悲壮的《嫂子颂》

我想去海峡的那一头

在阿里山上

在日月潭旁

体悟余光中的那一腔乡愁

我想去很多很多地方

从北国边关到南海岛礁

我想拥抱每一座山

我想亲吻每一条河

我想站上珠穆朗玛的顶峰

张开双臂，面向天空

说出生命最后的心愿 ——

我想化为一粒种子

在这片多情的土地上

生根，发芽，长成永远……

很想去追追风

很想去追追风

在我的血正滚烫的时候

从东山到南山

从北麓到西域

每一棵树都是我的造型

每一朵花都是我的心事

在远离喧嚣的尘世里

只有蓝天

只有白云

只有山川

只有河流

只有鸟叫

只有蛙声

只有蝉鸣

只有土地的呐喊

只有大自然的交响

只有我自己一个人的思考

很想去追追风

在我的心正炽热的时候

带上你的祝福

带上我的思念

每一片云彩都吉祥如意

每一朵浪花都快乐无边

在没有名利相争的净土

只有阳光

只有温暖

只有善良

只有真诚

只有美丽

只有情爱

只有尊重

只有人间的宽厚

只有心与心的交融

只有我们自己把自己思想

山魂水韵的边疆 [歌]

追寻那一匹白马

看到一个美丽神奇的地方

菩提树下　飘洒着花香

白塔下面是梦幻傣乡

有一条河流淌了万年

那是天与地的爱恋

你用那纯朴的情愫

浇灌那片七彩农桑

这是青山绿水的乐章

这是山魂水韵的边疆

这是青山绿水的乐章

这是山魂水韵的边疆

山魂水韵的边疆

追寻那一轮红日

民族团结之花开满山崖

四排山上敲起了木鼓

孟定边关又泼水狂欢

有一首歌谣传唱了千年

那是你我共同的传说

你用那古老的仪式

迎接那远方的客人

这是心心相连的旋律

这是山魂水韵的边疆

这是心心相连的旋律

这是山魂水韵的边疆

山魂水韵的边疆

高　原

一

尝试过一百种方式

只是，为了亲近你

最终，我捏碎自己

在千百次的重塑后

我成了大地的高度

这是高原

这是心中的高原

在高山峡谷之间

在江河奔涌之间

你成了山，山成了我

头顶着天

脚杵着地

你的肉体，我的灵魂

在我能感知的国度里

众生就是我爱的理由

倚仗长剑

笑傲江湖

得与失不值一提

取与舍何需问道

你是我浑然不动的神奇

我是蝼蚁

我是小虫

我是小草

从小到大，从大到小

我啊，永远只能依靠着你

二

尝试过一千种方式

只是，为了拥抱你

最终，我焚烧自己

在一次次的涅槃中

我成了大地的头颅

这是高原

这是心中的高原

在湖泊草甸之间

在崇山峻岭之间

你成了我，我成了你

眼里望着你

心里想着我

你的今生，我的前世

在我能预知的世界里

万物就是我爱的理由

倚仗长风

看淡白云

轻与重如何选择

只有爱可一生相守

你是我永不动摇的基石

我是一只鸟

我是一匹狼

我是一棵树

无论有多高，无论有多大

我啊，永远是你小小的精灵

三

尝试过一万种方式

只是，为了亲吻你

最终，我融化自己

在一年年的风雨后

我成了大地的乳房

这是高原

这是心中的高原

在蓝天之下

在大地之上

你成了景，景成了我

抚摸着你

拥抱着我

那一滴甘甜的乳汁啊

哺育着这多情的土地

这就是我深爱的唯一理由

心要归港

情要入海

爱与恨何必纠缠

一切都是过眼云烟

你是我唯一存在的真实

我生于此

我长于此

我长眠于此

无论有多久，无论有多远

我啊，永远是你的一粒尘埃

诗和远方

说是诗在远方

说是远方很远

我寻思着 ——

我寻觅着 ——

在天山南北

在大漠戈壁

我好像找到了诗的踪影

我迫不及待地追了上去

却发现,诗去了更远的远方

说是梦在远方

说是远方很远

我思考着 ——

我追赶着 ——

在大海边徘徊

在高原上沉思

我仿佛看到了梦的影子

我想要把她抓在手里

却发现，梦逃进了海市蜃楼

说是心寂寞了

说是情孤独了

我诉说着 ——

我回忆着 ——

在日记本里

在旧相册前

我看到了妈妈的身影

我想要把她搂在怀里

却发现，她去了很远的远方

说是风过了

说是雨停了

我整理着 ——

我回望着 ——

在山坡上

在小河边

我看到了童年的自己

我想回到过去的时光

却发现，故乡已成为远方

说是叶落了

说是枝枯了

我清醒着 ——

我刻录着 ——

在天地间

在四季里

我找到了生存的理由

我想写一首远方的诗

却发现，诗已埋进故乡的土里

土地的呼唤

在春天的梦里

我听到土地的呼唤

那是从东方传来的

直抵人心的一声春雷

由远而近地来

由近而远地去

回响在这深色的夜空

唤醒着那沉睡的生灵

我打开所有的仓门

清理着冬藏的种子

思念着家乡的土地

思念着土地上的秧苗

这是破土而出的生命

这是生机盎然的大幕

这是你追我赶的脚步

这是万物复苏的呐喊

我把种子埋进土里

我把花儿种上枝头

在一枝一叶的情怀中

与土地来一场生死之恋

听到土地的呼唤

我走进了风里雨里

在千万次的洗礼之后

我最终成为别人的土地

岁

月

的

恋

歌

春之歌 [歌]

从今开始

从一起步

周而复始

这是天地轮回的传说

鼓声从天边传来

鲜花在心中绽放

润物的春雨悄然洒落

欢快的鸟儿又在纵情歌唱

这是生命的旋律

这是希望的舞台

这是万物复苏的乐章

我要为你放歌

为你抒怀

与天地相约

走向春天的海洋

春天已经在路上

二〇二〇年的第一天

我醒得很早

感觉昨天遗失了什么

要在今天去寻找

又感觉什么力量催促着

要在今年去追赶

总之，我六点就醒了

太阳很不情愿出来的时候

我已经在路上了

在追逐时光的路上了

我看见一棵没有叶子的椿树

孤独地站在麦地里

好像在等待什么

等什么呢?

哦，他在等待春天

寒冬还没有退去的样子

但，风却吹得很急了

我好像听懂了风的语言

他在说，春天快来了

是的，我深信春天已经在路上

清明的雨

清明的雨，不紧不慢

柔柔地，细细地

缠缠地洒在路上

绵绵地落在心上

思有所思，念有所念

远逝的亲人啊

你在遥远的天上

我在很远的地方

感受你的温暖

回忆你的面容

穿越不了的距离啊

叫我怎能不思念

路上的人很多

要么在回去的路上

要么在回来的途中

要么就在清明的雨里

这是相思的雨

这是天与地的牵绊

清明的雨啊

淡淡的忧伤，深深的思念

春归人未还 [歌]

你是否想起曾经走过的山路

山里的野花又在悄悄绽放

香来香去

重复着花开花落的传说

你是否听到江岸对面的歌声

歌里的琴声还是那样悠扬

荡来荡去

弹奏着情到深处的故事

你是否看见天空的飞燕

燕子的声音如此清脆

飘来飘去

传递着春归的消息

春归来呀燕归来

春归人还未还

谷雨这一天

谷雨这一天

我刚好走在乡间的田野

和几个刚认识的年轻人

去做一次贫困问题的调查

谷雨这一天

我走进了侬衣谷的一户农家

房子是刚建好的

院子干净明亮透着主人的热情

谷雨这一天

我与姓侯的主人做了一次交流

他望着山的外面

告诉我，今年谷雨没有雨

谷雨这一天

我想起了很多的农事

秧苗是否已在生长

耕牛是否已经喂饱

谷雨这一天

我在那条干枯的河边徘徊

夏天很快就到了

为什么布谷鸟还没开叫

谷雨这一天

有人到土地庙烧了一炷香

我抚摸着烈日烤焦的土地

祈愿苍天来一场春天的谷雨

夏之情 [歌]

从高原开始

从草原起步

顺着江河

把你追寻　追寻

青翠是你的本色

向上是你的品质

火热是你的真情

这是万物交融的组歌

这是走向光辉的阶梯

这是追赶青春的舞步

我要把你歌唱　把真情歌唱

与心灵相约

沉醉在烂漫的夏天

夏天的风

我是夏天的风

住在高高的山上

当天边泛起第一缕曙光

我为你准备了很多道场

在旷野，在森林，在山谷

顺着阳光，顺着山脉

从东到西，由南向北

传递爱的温度

传播夏的热情

我是夏天自由的风

住在高高的树上

当你从远方走来

我为你准备了很多清凉

在河边，在路上，在树下

背靠高山，迎着太阳

从上到下，从头到尾

轻揉你的肌肤

抚慰你的心灵

我是你夏天的风

就住在你温柔的心上

清晨为你梳妆

夜晚为你打扮

当天空没有尘埃

当大地披上绿色的盛装

此时，每一个火热的日子

都在为你准备

为你欢呼，为你歌唱

夏天的思念

风刚过去

雨就来了

风雨相伴

一生一世

夏天才过去

思念就来了

如影随形

铺天盖地

低了头的麦穗

在思考什么

从稚嫩到成熟

仿佛只用了一天一夜

黄了叶的楸树

在担心什么

就怕秋风起得早

将夏天的思念洒落一地

只想听雨

夏天的雨很多情

时而向东

时而往西

摇动着杨柳

敲打着窗户

撞在墙壁之上

落在草木之下

这雨声伴着风声

似是笛箫轻歌

又似琵琶狂舞

坐在书屋之中

我在寻找某些答案

昨日如千古

白骨成山丘

苏轼的竹杖芒鞋

海子卧轨的呐喊

这是怎样的体验

这是怎样的执着

雨声如交响

吾心随遇安

旧时楼台烟雨处

最是多情留不住

空想无用徒悲伤

只想好好听听雨

八月的味道

八月的空气很湿，也很润

因为，一场秋雨路过之后

山川、河流、花草和树木

都显得格外的清新和典雅

当然，雨后的阳光有点柔

风儿也是轻轻的，轻轻的

这时候，我想随性走一走

或乡村或公园或校园或田园

走一走，停一停，嗅一嗅

哪一处不是扑鼻的暗香呢

采一枝，手里留下多少余香

摘一朵，融到水里酿出桂花酒

这是八月的空气 ——

这是八月的味道 ——

抚一抚，就会一生心动

摸一摸，就会一生沉醉

这是大地谱写的恋歌

这是你我一生的情愫

我爱这亦浓亦淡的感觉

我爱这似梦似幻的真情

八　月

这是个特殊的年份

地球得了很严重的感冒

口罩成了畅销的商品

人与人之间拉开了距离

这是个不一样的年月

自然界有了新病毒

呼吸器成了赚钱机

医院成了战场，天使成了战士

这是个不一样的八月

新闻里播报说

今年产生了很多英雄

他们战恶魔，挽救了很多生命

这是个平常的一天

收音机里说

今天是立秋

我的心突然觉得凉了许多

这是八月里的一天

朋友电话里问

最近有没有到外面走走

我仿佛听到了一声警报

是啊！八月份了

前面的四五六七都去哪了

也许日子都睡着了吧

错过了许多美丽的相遇

八月了

我要到处走走看看

没有特别的目的

只要随心而动足矣

八月了

我想到乡村去

看一看炊烟是否仍旧

闻一闻稻花是否仍旧

八月了

我要到高山去

触一下蓝色的牵牛花

摇一摇挺拔的云南松

八月了

我要到高山草甸去

抚一下青青的草芽

摸一下幸福的牛羊

八月了

我要到旷野里去

随着那一声鸟叫

喊出自己的声音

八月了

我要到山谷里去

随着那欢乐的小溪

把自己汇入奔腾的江河

八月了

我要不停地行走

把剩余的好日子

与所有的朋友一起分享

秋之韵 [歌]

秋叶深情飘下

大地满目金黄

耕者展尽笑颜

胸襟尽情释放

这是收获的盛宴

这是相聚的时刻

这是人间的天堂

写一首小诗

谱一组小曲

哼一段小调

把劳动歌颂　把生活歌颂

与你牵手

收藏无限秋色

秋日随想

秋风、秋雨、秋寒

这是秋天的节奏

也是秋日的风景

在高原之上

我抚摸红色的土地

在泥土里

我刨出一颗土豆

黄色的皮，红色的心

很像高原人的形体

冷艳、孤傲、干净

这是秋天的个性

也是秋日的容颜

在高山之上

我摇曳不老的青松

在树下

我寻到一朵灵芝

百年的面，千年的根

极像高原人的昨天

无惧、无怨、无悔

这是秋天的担当

也是秋日的私语

在山谷之间

我追寻不朽的传奇

在水中

我找到一句名言

—— 上善若水

这是高原人的情怀

走向秋天

雨，打湿了长夜

门口的桂花落了一地

我情有所伤

风，抖动着银杏

空气里渗透着枣香

我心有所悟

啊

这是秋天

这是我向往的秋天

换个地方吧

和我一起走向田野

去看那稻麦起舞

换个心境吧

和我一起走向山冈

去听那牧童歌唱

换个行装吧

和我一起走向远方

去收拾田野金黄

啊

这是秋天

这是我喜欢的秋天

听秋雨

这是一场壮行的秋雨

哗啦啦的

唰唰唰的

听着听着 ——

心就伤了起来

这是风雨交错的旋律

呼呼呼的

呜呜呜的

听着听着 ——

心就痛了起来

这是草木凋零的咏叹

哒哒哒的

啪啪啪的

听着听着 ——

心就惊了起来

这是震撼心灵的呐喊

呼着天地

喊着人间

喊着喊着 ——

肉就跳了起来

那些黄了的叶子

那些枯了的枝条

在不停地敲打后

可能可能 ——

早早地就落了一地

还在绽放的月季

还在生长的藤蔓

在这场绞杀之中

也许也许 ——

已被无情地摧残了

在很远的地方

在繁华的都市

那个晚归的游子

是否是否 ——

找到一个避雨的角落

在高原深处

在寂寞的村庄

那些留守的孩子

此刻此刻 ——

一定是在想妈妈了

在这样的雨夜

我能说点什么呢

我又能说什么呢

只有只有 ——

无尽无休的思念了

归去来兮

这秋雨之后

肯定会阳光普照

照着照着 ——

秋天就变黄了

这是大自然的交响

这是生命轮回的声音

所有的悲欢

所有所有 ——

都会消逝在这变换的季节里

秋绪三章

秋　风

九月的风
总在不经意间
从远方吹来
吹黄了树的叶子
吹散了青春的梦

十月的风
就在特定的时刻
从远方吹来
吹净了枯枝落叶
吹走了世事风尘

这是风与物的对话

这是灵与肉的交融

我坐在季节的窗口

书写着自己的秋天

秋　雨

一场黄昏的秋雨

带着浓烈的醉意

迈着沉沉的步伐

摇摇晃晃地从山顶飘来

一个晚归的行者

带着破旧的行囊

在寂静的山岭上

在深深浅浅的路上飞奔

我披上旧的外衣

听着秋雨的声音

走进霓虹的都市

去寻找那家温暖的酒馆

秋　韵

河里倒映着金柳

山上又见一片枫红

银杏树衬着麦地金黄

我追赶着一路的稻香

田野里物竞着风流

村庄又长出了乡愁

炊烟飘来妈妈的味道

我把一年的麦穗收藏

这是大地谱写的赞歌

这是江河奏出的交响

我行走在天地之间

尽享这无穷的妙曼

秋　叶

秋叶 ——

或黄或红或紫

满了山坡，满了山谷

山谷里的溪水很清

所带走的每一片叶子

都有一个属于自己的故事

爱也好 ——

恨也罢 ——

其实，都是深情流淌的结果

小的时候

拾起一片秋叶

就捡到了一片欢喜

童年的开心和快乐

就在这哈哈哈的笑声里

将一片红的叶子放在枕边

月亮就变成了夜里的新娘

那一片片的红啊

就是我梦的衣裳

长大以后

拾起一片秋叶

就捡起了一片忧伤

莫名的悲和愁啊

就写在这泛黄的叶子里

将它悄悄地放入行囊中

因为，行囊还是空空的

那青春的梦想啊

永远没有我想要的金黄

如今的我啊

拾起一片秋叶

就捡起了无限的乡愁

真实的思念和牵挂

就藏在这小小的叶片里

将它写入这多情的诗行吧

里面一定有你注视的目光

几时归去啊

这浓浓的秋叶和这深深的眷恋

七夕随想

今夜没有月影

只有满天星光

看一看牵牛和织女星

我肯定会想起你

想把柔软的心融化

化成一条长长的心河

这样，我可以架一座桥

一座连接你我的心桥

白天为你送出百合

夜晚为你献上清香

今夜何需月光

只需星星相伴

想一想遥远的渡河桥

我的心要去哪里

想让时光片刻停留

定格那条浪漫的心河

这样，我可以画一幅画

一幅只有你我的山水画

白天为你放牧耕田

夜晚陪你揉丝编织

秋　分

在这深深的秋天

到哪里去找你呢

在那很古的老树下

轻轻拾起的一片叶

就是一整个的秋天

你怎么舍得忘记这样的丰收呢

在这深深的秋天

到哪里去见你呢

在那古老的月光下

悄悄捡起的一颗星

就是一整夜的欢喜

你怎么舍得放弃这样的浪漫呢

寄中秋

月亮是今夜的主角

满满的星群里 ——

一定有你温柔的目光

玉兔想要登台的时候

嫦娥仙子早已霓裳而舞

圆，是我那年种下的心愿

远古的故事开了新篇

航天人又从天外归来

约吧，我们一起到月宫度个假

我的十月

十月的天很高

湛蓝，深邃，无垠

我想借一阵秋风

把灵魂送上高天

十月的风很清

自然，干净，无垠

我想借一片纯净

把思想回归大地

十月的雨柔情

无怨，无悔，无恨

我想借一叶银杏

把时光定格在秋天

十月的故事很多

收割，收获，收藏

我想借一些月光

把情绪放得更远

这是天地的十月

这是家乡的十月

这是我爱的十月

我的十月

天空没有了阴霾

鸟儿展开了翅膀

我的十月

没有了连天雨

到处是谷物的晒场

我的十月

树上的果黄了

地下的瓜熟了

我的十月

山上层林尽染

山下麦浪金黄

我的十月

远听田园放歌

近看老屋炊烟

我的十月

姑娘编织着衣裳

小伙酿制着美酒

我的十月

老人舒展了眉头

孩子们笑开了花

我的十月

城里人跑到了乡下

村里人进了一趟城

我的十月啊

呼吸着泥土的芬芳

聆听着大自然的声音

我沉醉在金色的时光之中

我的十月啊

天空布满着喜悦

大地镶嵌着诗行

我的灵魂得到了升华

我的十月啊

万物佩戴着光环

人间充满着真爱

我的心啊，和你融在了一起

冬之声 [歌]

清风徐徐吹来

雪花悄然而至

思念从心中升起

前世今生在此约定

这是收藏的季节

这是如歌的岁月

这是南北交融的赞歌

我们感悟苍生

我们赞美相遇

我们珍惜相知

为了神交的约定　我们祈祷

与日月相伴

奏响冬天的声音

冬日阳光

冬日的阳光很暖

穿过了窗前的银杏树

溜进了这宁静的房间

这房间是我上班的地方

也是我领取衣食的场所

我伸出双手探测温度

感受这冬日阳光的暖

泡一杯清茶 ——

翻一翻闲书 ——

趁着没人打扰

趁着阳光正好

我想让思想开一会儿小差

默念所有的亲人

默念所有和我相知的人

我不知道上帝在哪里

但我知道它真的对我好

它让我做了喜欢的事

它让我遇见喜欢的人

就像这冬日里的阳光

在我感到寒冷的时候

突然就照到我的身上

温暖着这潮湿的房间

这是一个人的空间

这是琢磨往事的窗口

阳光拥抱着我 ——

我享受着这冬日阳光

亲爱的朋友们 ——

我要把这美好的瞬间分享给你们

小　雪

小雪节气这天下着雨

我加了一件厚的大衣

点燃了一点点的心火

嘴唇和喉咙被燃烧着

手和脚仍旧是冰冷的

我打了一个喷嚏 ——

惊扰到了隔壁的老王

他说，你是感冒了吗

我说，好像有人在想我

窗外的麻雀不叫了 ——

它在细心地整理自己的羽毛

我点燃手里的烟草 ——

烟草没有了昨天的味道

其实，我知道是感冒了

只是我不想让别人知道

自然界知道季节的变化

所以，小雪节气要下雨

可是，我不想让别人知道我病了

元旦小语

追赶着月光

不停地行走

走着，走着

走进了新的一年

二〇二一年

还得继续走

因为，因为

时间从不会停留

是人在走

还是时间在走

这个问题

还是有点小复杂

风还会吹

雨还会下

风雨过去后

谁把彩虹来拥抱

二月之怀

二月和其他月份不一样

二月只有二十八天

二月有春节、元宵节

二月还有很多的回忆

二月让我想起很多

想起童年，想起故乡

想起那一场风花雪月

想起那一眼酸酸的泪

二月让我想起妈妈

想起炊烟，想起从前

想起那回不去的真实

想起那一身伤痕累累

二月让我想起一些日子

想起一去不复相见的日子

想起那些或近或远的人

想起和我一起走过的朋友

二月让我想起乡村田野

想起放养过的一头水牛

想起和我一起放牛的狗

想起麦子、水稻、苞谷

二月让我想起了城市

想起住在城里的男人和女人

高楼大厦，灯红酒绿

多少人在这里迷失了

二月和其他月份不一样

它驱使着你、驱使着我

无法不再去把往事回想

让思想一次次潜入记忆深处

二月就是这样

让我想起很多，想得很远……

昆明的雪

二〇二二年二月二十二日

一个简简单单的星期二

还来不及做任何的准备

就与你在昆明撞了一个满怀

你柔柔地飘在空中

又柔柔地落在地上

不慌不忙地带来了天地大喜

一个把昆明银装素裹的大喜

刚刚打开春天的大门

刚刚准备着一些花事

这突如其来的白雪花

是不是也要来争一争宠呢?

昆明很少见雪

见雪就是见喜

不是吗？这欢天喜地奔走相告的

都是关于你从千里北国传来的消息

花披上了你的婚纱

伸出了深藏的玉手

准备与你一起分享

这风花雪月里极为快乐的美好时光

从城里到城外

从山上到山下

人们摆着造型，按着快门

传递着，分享着这无边的喜悦

昆明的雪来得急

去得也真的是快

这洋洋洒洒满天飞舞的雪花

也许就会在一夜之间消逝了

我站在最空旷的地方

仰望着这似梦似幻的飘雪

聆听着这如碎银落地的声音

享受着久别重逢的浓浓的情愫

我把你捧在我三十六摄氏度的手心

看着你慢慢融化为水滴落地上

我的心收紧，又收紧，再收紧

这收紧的，是天地间最长情的思念

我

我的眼里充满哀愁

始终走在成长的路上

在被大山围困的村庄

我追逐着自己的影子

在被饥饿包围的年代

我的骨头却长得很硬

灵魂被雨水冲刷得很干净

习惯于爬山的姿势

所以，我总是低头行走

顺着那条清澈的小溪

我走出了大山的围墙

走进长有梧桐树的城市

走进一条条狭窄的街巷

听着别人的故事——

我去了大漠、戈壁、草原

我去了雪山、森林、海滩

海水流进了双眼 ——

于是，我流了很多眼泪

天空深蓝的时候

云总像是飘洒的白棉

走过很多的江河

看过很多的山川

可总让我魂牵梦萦的

还是小时候的那片大森林

它可以覆盖我的一切

它可以拥有我的一切

那些小草、小花

围着我，绕着我

足够供养我生命里的欢喜

如果有一天，面对一场告别

我会在灯光暗下的瞬间

轻轻地亲吻我一生的哀愁

这样的味道

再次路过苍山的时候

我从夏天走进了秋天

在石门关的碧溪上

我借走了一缕清风

随着这爽爽的风

我要去寻找一片祥云

当风与云相遇之后

一场生与死的恋开始了

这是能量传递的耳语

这是天地对话的情歌

在一场浓浓的秋雨过后

我的心得到了释放

灵魂摆渡到了彼岸

当五谷归仓的时候

大地升起了诱人的烟火

烟火，是人间最美的味道

在银杏树下 [歌]

风从远方吹来

我们在银杏树下

在浪漫的花香中

感受春的温暖

风从远方吹来

我们在银杏树下

在成长的绿荫中

感受夏的热情

风从远方吹来

我们在银杏树下

在飘落的片片金黄中

聆听秋的声音

风从远方吹来

我们在银杏树下

在经历风雨的枝条前

感受冬的鼓点

在银杏树下

我们把情谊歌唱

把爱歌唱

痛是生命的一部分

一只受伤的小鸟

趴在枯萎的草地上

吸取着微弱的阳光

这是冬日最温暖的阳光

小鸟颤抖着潮湿的羽毛

向人们投递着哀求的目光

我在想，它一定非常地痛

那一年 ——

有人疯狂采购鸡血藤

用鸡血藤熬成鸡血膏

鸡血膏成了妇科良药

鸡血藤长在很深的山里

看到鸡血藤被砍切而流出的血

可想而知，它也一定非常地痛

那一年 ——

有个同事深夜来找我

手里提着两瓶老白干

眼里流着苦涩的眼泪

我们一边喝着酒一边说着话

他说，女朋友不见了，很痛

我猜想，他一定是痛在心里

那一年 ——

父亲到山里砍木头

被斧头砍断了脚筋

被村里人背回了家

村里的草医反复折腾着

他一口又一口地抽着旱烟

我知道，他肯定非常非常地痛

那一年 ——

我失去了母亲

也失去了家的港湾

我坐在高高的山上

望断了一层一层的秋雨

望淡了一片一片的白云

只有我知道，我的心真的很痛

多少年了 ——

有人行走在高山峡谷

有人奔跑于小溪江河

从高原雪山到山谷草甸

他们跌倒、迷茫、迷失

他们站着、思考、仰望

我知道，他们一定是忍痛前行

多少年了 ——

有人在台上高歌

有人在台下叹息

从阳春白雪到下里巴人

他们讽刺、嘲笑、陷害

他们潮起、潮涨、潮落

我知道，他们也有自己的伤痛

多少年了——

我一直在观察

风雨之后不一定见到彩虹

有时候风雨之后还是风雨

有人跌倒了可以再爬起

有人跌倒后再也起不来

因为，凡事皆有它的定数

多少年了——

我一直在思考

是不是所有的付出都会有回报

是不是种什么瓜就会结什么果

有时候完成了所有的量变

也永远不会有你想要的质变

因为，环境起了决定性的作用

多少年了 ——

我一直在追问

是不是所有的相遇都会美好

是不是所有的分别都会重逢

有时候设计着种种的场景

也永远不会出现你想要的剧情

因为，时空起了关键性的作用

多少年了 ——

我一直在追梦

为了那些肉体的伤痛

为了那些灵魂的重塑

为了那些庄严的承诺

为了那些难忘的日子

因为，我需要的真善美从未走远

多少年了 ——

我从未放弃自己

也从未放弃他人

我固执着、坚持着

我舔吸着自己的伤口

我整理着自己的心事

因为，我知道痛是生命的一部分

伤 口

人的伤口里 ——

藏着生命的密码

有一厢情愿的伤

有一往深情的痛

看一湾碧水

水里流淌着日月

我想起了那一年

那一年一个人吹着风

看一座高山

山上流动着浮云

我想起了那一月

那一月一个人淋着雨

看一片落叶

空中飘零着尘埃

我想起了那一日

那一日是一个人的远方

看一夜的星空

星空深邃而无言

我想起了很多

很多苦涩而带泪的伤口

看着如此美的山水

看着这人间的烟火

感觉处处充满诱惑

哪里都是鲜花伴着陷阱

伤口有浅有深

浅的在身上

深的在心里

深或浅都是我一生的印记

时光不会老去

而人必须归去

在这残阳如血的傍晚

理一理自己的伤口吧

四季周而复始

五谷自然生长

在这魔幻的世界里

谁没有刻骨铭心的伤口呢

伤口是生命的标识

每一站都是最好的安排

我要用我最火热的胸口

去拥抱伤口，抚慰伤口

当生命归去的时候

所有的伤口愈合了

所有的伤疤不见了

留下的是一个美妙的故事……

岁月河

在我岁月的河里

住着两位佳人

一位叫今日无忧

一位叫明日莫愁

今日青春正美

明日青春待放

我想留住今日无忧

又恐明日开而不放

她们在我心中驻留

她们从我身边溜走

留不住今日

心里多了好多不舍

抓不住明日

身后又是几度忧愁

在我岁月的河里

住着两个妖怪

一个是白日做梦

一个是今夜无眠

白日做梦很开心

今夜无眠很无奈

我想拥有开心

又怕无奈成常态

她们在我心中闪现

她们在我身边游走

乱我心者

今日明日多烦忧

弃我去者

岁月之河不可留

岁月河 ——

我的岁月河 ——

流去的是青丝

剩下的只有白发

曾经·如今

曾经用贪婪的眼神

看着那一座高高的山

那么庄严，那么厚重

我想把它搂在怀里

我想把它融在心上

幻想自己就是高高的山

又幻想自己是山外之山

如今我是山里的小树

没有了贪婪

没有了幻想

自由自在，随性生长

曾经用妒忌的眼神

看着那一条长长的江

那么轻盈，那么悠扬

我想随它去流浪

我想随它一起去看海

希望自己就是长长的江

又希望自己是江中之江

如今我是江边的流沙

没有了妒忌

没有了悔恨

无忧无虑，随波逐浪

曾经用羡慕的眼神

看着那一朵朵白色的云

那么飘逸，那么潇洒

我想跟它到山外

我想跟它一起到天边

梦见自己就是白色的云

又梦见自己是云上之云

如今我是云下的炊烟

没有了羡慕

没有了仰望

无欲无求，随风而动

心 曲 ^[歌]

还是这样的季节

和风伴雨安然于心

还是这样的日子

南北东西挂记于心

还是这样的时刻

想念情思浓郁于心

所有的季节都润心

所有的日子都养心

时时刻刻都暖心

感　觉

当我沉默的时候

感觉岁月真的是静好

没有吵闹 ——

没有任性 ——

一个人的舞台

一个人的表演

一个人的歌唱

一个人的掌声

这样的感觉真的很好

只是，这样的感觉是不是错觉呢

当我开讲的时候

感觉人生真的是精彩

高山流水 ——

遍地知音 ——

一个人的故事

一个人的导演

一个人的主角

一个人的欢呼

这样的感觉真的不错

只是，这样的感觉是不是幻觉呢

当我思考的时候

感觉自己悟到什么

没有一个人的故事

也没有一个人的舞台

永远是你方唱罢我登场

永远是尘世喧嚣的尘埃

在万千变幻的过程中

我所能感觉到的 ——

有多少又是真实的呢

感觉、错觉、幻觉交织而已

拥抱孤独

总有一些现象是假的

梦里见到的那些人

天马行空想到的欢喜

白天被风吹散了的云

夜里被雨打落了的花

刚刚从心头掠过的背影

不可复制

不可重现

孤独 ——

只有孤独是最真实的存在

总有一些事不可挽留

童年的真

少年的纯

青春的浪漫

留不住，真的留不住

那个爱唱情歌的他

那个穿上嫁衣的她

他们要用多少次的寂寞

才能满足这曾经的深情

总有那么一个瞬间很痛

也有那么一个瞬间很酸

所有走过的路

所有渡过的河

所有遇见的人

回忆起来总还是有点甜

所有的到达都伴随着孤独

因为，孤独是灵魂的属性

既然如此，那就拥抱孤独吧

失 眠

一个影子向我走来

那是个奔跑在山里的孩子

一个影子离我远去

那是个流浪在城市的幽灵

黑的夜更黑

静的夜更静

心中数着天上的牛羊

眼里放着熟悉的光芒

点一支孤独的烟草

听一回年轻的心跳

那些曾经神往的人事

在不知不觉间已经破碎

还记得那首童年歌谣吗

哼着哼着，就睡着了

有些事，来不及感知

就已经走得很远很远

思想是个什么东西

越不想越要去幻想

大地到天空，星星到宇宙

想着想着，忘了凡身肉体

世间本无我

何处惹尘埃

一缕青烟，一把黄土

生灵万物皆是因果轮回

一个声音从树上传来

那是一只早叫的鸟

一个声音从窗外响起

那是一个追梦人在奔跑

时　间

我被你牵着走

从平地走向了山尖

在进山的路上

风悄悄对我说 ——

你追赶着所有的生命

从清晨到黄昏

从青丝到白头

转眼间，衰老了，消逝了⋯⋯

我被你追赶着

从草原来到了森林

在那枯了的古树下

小溪悄悄对我说 ——

你追逐着所有的生灵

从春天到冬天

从绽放到凋零

转瞬间，轮回了，虚无了……

逝去的日子

院里的桂花落了

是风太急

还是花期太短

无端的思绪很乱

少女的脸上长出了新愁

镜子里的人变了

是角色转换

还是朱颜更改

最怕的是光阴虚度

少年的头上又添了新岁

是谁的心事重重

是昨日依恋

还是旧梦难醒

终究是江水滔滔

逝去的日子啊，太匆匆

轮 回

我看不见

你离去的背影

却看见那一片飘落的枫叶

随风而去

随缘而至

在田间地头，在山谷荒野

总之，落到了大地之上

在大地之上

碎为尘灰，融入泥土

千百年之后

山里长出了一棵参天大树

我听不见

你离去的声音

却听见那一条大河的回响

沿着地平线

向着东南方

在高山峡谷，在森林湖泊

最后，抵达无垠的大海

在大海之上

化为浪花，升腾为雾

千百年之后

沙漠里下了一场好大的雨

关于诗

你走了以后

夜夜更黑了

天空在忍耐

我心在等待

想想你百变的模样

虽已离去，又似在身旁

你走了以后

酒酒更醉了

杯子在摇晃

我心在流浪

念念你千遍的名字

真爱如斯，又似梦幻

你走了以后

星星更淡了

月在树枝上

我在屋檐下

千变万化的缪斯啊

我要如何才能把你锁住

记忆早已刻心

语言早已习惯

要么是你累了

要么是我错了

牵不住你的手

我又何必走过这星月旅程

关于茶

昨天的我从不喝茶

因为害怕

害怕失眠的长夜

害怕时间从手中溜走

今天的我端起了茶杯

在端起和放下之间

发现生命可以复活

时光可以重现

在滚烫的水中舒展

在温度的变化中苏醒

那慢慢张开的一芽一叶

不就是曾经的青春吗

杯子里冒着的薄雾

如当年从江边升腾的岚烟

在清晨，在太阳升起的时候

跑满了春天的茶山……

在春风里惊醒

在春雨中萌生

被人采摘，让人轻揉

以新的形态继续着生的坚强

带着对根的深情

带着对土的依恋

跋山涉水、远渡重洋

演绎着马背上的传奇

在四十的温度里改变

在七十的湿度中陈化

为了等待那个人

宁愿百年孤独

为了那一杯甘甜

为了最后的重生

无惧粉身碎骨

然后，在沸水中化为琥珀金汤

人们讲着你的故事

论着你的前世今生

在那个人的啜饮声中

你唤醒了多少沉睡的细胞

你是大自然给我的惊喜

让我发现，让我思考

你经历着三生三世

—— 因为，你是茶 ……

我的心河

我的心河

是一江春水

随清风而动

伴群山起舞

那朵朵的浪花

是敲打我心壁的锤

那岸上的炊烟

是我最真实的乡愁

我的心河

是一汪深水

有人垂钓阴凉

有人放起了长线

那欢乐的水鸟

是我失散多年的魂

那河岸的金柳

是我最浪漫的诗行

我的心河

是一湾秋水

白天倒映着天蓝

夜里流淌着月光

那孤独的行者

是我投射出去的影

那河里的磐石

是我最崇拜的模样

我的心河

是一叶扁舟

可以冲出激流险滩

却冲不出时光的围墙

曲折坎坷皆是道

也无风雨也无晴

那些深爱过的也好

那些抱怨过的也罢

如今，都是我最美的风景

生命如歌

生命是造物主不朽的作品

一粒种子

一组基因

一方水土

一缕阳光

生命便成了永恒

生命是万物共同传诵的诗篇

相生相克

共生共存

一次邂逅

就想一生相守

爱是生命不变的誓言

生命是永不干涸的历史长河

父母的血

先祖的基因

成了我的动脉

和我千万的细胞

传承是生命不变的定律

生命是物质

生命是精神

生命是永不衰减的情爱传奇

生命是万世吟唱的歌

生或死

只是生命永续的强音

火焰与梦想

我的心里还有一团火

一团燃烧着梦想的烈火

风吹不散 ——

雨浇不灭 ——

只要还有一点点的空气

我就一直红在你的心田

顺着太阳的方向

追逐最大的阳光

只要有你一直地存在

我就会一直一直地跟随

顺着月亮的方向

寻找最长的星河

只要有你温暖的目光

我就会一直一直地向前

当梦想化为火焰的瞬间

我的心里多了诗和远方

继续走吧，我最亲的自己

让我与天地同行

让我与山川为伴

让我一直躺在那静静的河里

飘落的诗行

这一天有点冷

这一天大地在立冬

北方出现了雪的影子

玫瑰花散落在雪地上

红白相间地美了一瞬间

有人将肉体锁进了房间

诗人将自己捏成了木偶

我安身的地方叫昆明

太阳比往日小了许多

坐在滇池之外的院子里

静静地数着飘落的银杏叶

一片、两片、三片、无数片

金子一般地飘落了整整一地

这飘落的啊，也是我一年的诗行

关于酒

生于大地的深处

流在岁月的河里

只因和五谷谈了场恋爱

从此，你便化腐朽为神奇

借你的胆

谁都敢横刀立马

仗你的势

长剑指天当歌舞

三五君子

缺你不行

高朋满座处

少了你又怎能尽情

人生得意须尽欢

有你相伴好还乡

推杯换盏防不住

口若悬河到天明

人生在世不称意

拥你入怀把话讲

几度忧伤几度愁

三杯两盏说断肠

有人因你而英雄

有人为你泪长流

最难把握是尺度

总是找个理由把你想

看着像是水

喝着还是有点甜

只是柔情拉不住

最后倒在你怀里

有点爱，有点恨

爱恨交加因为你

天地万物没有你

我也不知"醉"字怎么写

比天高，比地厚

你是天地之间一滴水

醉在人间留不住

只想和你一起浪天涯

我坚持着

我坚持着生命的喜

因为，这是生命给予的

我坚持着生命的悲

因为，这是生命给予的

我坚持着生命的痛

因为，这是生命给予的

我坚持着生命的苦

因为，这是生命给予的

我坚持着生命的一切

因为，一切都是生命给予的

我坚持着，坚持着 ——

因为，我喜欢生命的不确定

我与自己

我与自己是个矛盾体

相互依存也相互斗争

在鲜花与陷阱之间

时而分离时而相融

在彩虹里跳舞的是我

在风雨中行走的是自己

我是那变幻的衣裳

自己是不穿衣服的裸体

别人看到的是衣裳

自己知道的是裸体

在聚光灯下表演的是我

在黑暗处哭泣的是自己

我是阳光下的战士

自己是月光里流浪的幽灵

在闪电与雷鸣之间

有多少次生死相依

在舞台上歌唱的是我

在路灯下思索的是自己

我是天空里飞翔的雄鹰

自己是在地上爬行的蚂蚁

在滚滚长河之中

有多少次生死相恋

在白天里追逐梦想的是我

在黑夜里思考生命的是自己

我是波涛汹涌的大海

自己是海边的浪花一朵

在水手归港的途中

有多少次流泪的相思

我想做得很大很大

自己却很渺小很渺小

我是那浩瀚的宇宙

自己是夜空里的流星

在历史的桅杆之上

有多少次温暖的拥抱

我想活得很久很久

自己却只有短暂的一生

我不是金刚

我不是金刚

追逐着阳光

呼吸着空气

深深浅浅

走了一山又一山

我不是金刚

吃着五谷杂粮

交换着喜怒哀乐

左左右右

过了一江又一江

我不是金刚

喝着火烧的烈酒

品着酸甜苦辣咸

前前后后

摆了一场又一场

我不是金刚

也有伤痛的时候

伤痛遇见了天使

生生死死

度过了九九八十一难

陌生的城堡

灵魂还在乡间流浪

肉体却闯进了城堡

钢筋水泥堆积的城堡

就在曾经的田野之上

这是个陌生的城堡

里面藏着很多秘密

写着人间百态

记着地球村的悲凉

这是个陌生的城堡

它还在疯狂地生长

吞噬着那山、那田、那地

埋葬了无数自由的生灵

陌生的城堡啊

里面有没有我的公主

找不到东南西北

我迷失了方向

陌生的城堡啊

里面有没有我的归巢

找不到森林和天空

我失去了飞翔的翅膀

陌生的城堡啊

里面没有我的名和我的姓

我也不是钢筋铁骨

请别把我关进你的笼里

老茶悟

老茶是一碗琥珀金汤

里面融入了

春天的风

夏天的雨

秋天的月

冬天的雪

还有天地之精华

老茶是一坛陈年佳酿

里面融入了

童年的真

少年的纯

青年的壮

中年的厚

还有老年之通透

老茶是一杯淡淡的水

里面融入了

佛家的空

儒家的仁

道家的静

法家的动

还有万物之轮回

老茶是无味之味

老茶是无道之道

网

在时间的缝隙里

我看见一道光

一道足以穿透黑夜的光

我黑色的眼睛

看着一只黑色的蜘蛛

正在编织一张深深的网

一个人站在网的下面

计算着这网的方程式

可怎么也破解不了这网的密码

诗　人

我请缪斯女神喝酒

女神说，喝吧！陪着你

我敲打着所有的记忆

灵感瞬间挤出一滴清泪

苦苦的，涩涩的 ——

落进了我空空的酒杯

我折磨着灵魂和肉体

用坚硬的骨头写出两行

你怀着如此纯洁的心灵

何必对他人，对自己俯首 ……

没有诗句的一天

没有诗句的一天

谁在想，谁在念

想念的那个地方

有没有我的名和姓

向北迁移的象群正在赶路

它们这是要去朝圣吗

还是，只是简单地逛一逛

或许是家园里缺少了什么

那条干涸了的河

正被太阳暴晒着

河床上几只水鸟很慌乱

它们像在寻找着什么

山顶上站着一个老人

他在那里待了一整天

最后，捡了一个石头

用力把它扔向了山谷

没有诗句的一天

我点燃了一根烟草

喝了一杯很烈的酒

然后，想了很久很久……

改变一点点

改变一点点

你就会好很多

这是这几天的想法

从什么时候开始

从什么地方改起

我想应该是这样的 ——

从今天开始

少点一根烟草

让空气清新一点

让自己的肺舒服一点

让家人们少担心一点

从今天开始

少喝一杯忘情水

让脚步稳健一点

让自己的肝舒适一点

让家人们少牵挂一点

从今天开始

关心一草一木

关注一花一树

到大山深处去

到大自然当中去

从今天开始

多看几本书

多体悟书里的故事

向智者请教

与思想者对话

从今天开始

多写一点文字

多做一点开心的事

向生活致敬

学会与自己对话

从今天开始

关心朋友

关爱家人

向所有相识的人问好

向所有人说一声 —— 谢谢

岁月的恋歌

我生在河的源头

睁开眼的一瞬间

就看见了山顶的雪

阳光是白色的墙壁

月光是银色的地板

听着河水流淌的声音

我习惯了轻轻地歌唱

在天真如梦的日子里

我学会了播种和扦插

读书、识字、放牧、耕种

我沐浴在那条清澈的河里

顺着河流的方向

我寻找心中的诗行

从河西到河东 ——

从山谷到山峰 ——

在白昼里畅游

在黑夜里仰望

在森林中相遇

在秘境中分手

每一次的逆风前行

每一次的雨中奔跑

都是为生命做最后的注脚

我走在河的两岸

左边看高楼

右边赏烟火

在千帆往来之间

在芸芸众生之中

我是孤独的房客

在大海的最深处

我撑着长长的桅杆

在那长长的心河里

我的肉体灌满雨水和泪水

因为，那是一首岁月的恋歌

腾冲的雨

夏至刚刚过去，雨水就多了起来，这不，昆明已经连续下了好多天的雨。虽然下下停停，却也让昆明的交通不太顺畅了。这样的雨季，这样的雨天，让人容易想起很多，或人或地或是乡愁。我是在昨夜的风雨声中想到了腾冲，想到了腾冲的雨。

我在腾冲生活了四个春秋，留给我印象最深的就是腾冲的雨季和腾冲的雨。腾冲的雨季很长，大约从6月份一直到9月底。腾冲的雨很多，悠悠扬扬，缠缠绵绵。有时铺天盖地，有时没日没夜，有时没完没了。连天雨是腾冲的一大特色，或者三五天，或者十多天。这样的雨天能做什么呢？走出去，到山里去，到田野里去，到真正的大自然中去……

记得有一年，也是这样的雨季，这样的雨天，我和几个同事一起在腾冲的乡下转了十多天，我们从南部到北部，从东山到西山，所见所闻，真是值得好好体悟一番。

先看看田里的秧苗吧，青翠碧绿的，在雨中跳跃着，滴答滴答的，这是它们生长的节奏。再看看地里的烤烟苗吧，绿油油的，正在向宽处长，向厚处生，唰啦啦的，这是它们最快乐的时候。还有那些苞谷和其他作物，也在这雨声中，追逐着，向上着……

其实，在这让人相思的雨季，我最喜欢的是那些成山成海的森林，因为雨水充沛，森林里的树木长得很高，长得很快。有针叶林、阔叶林、混交林，还有大片的次生林。有杉木、水冬瓜、西南桦、红花油茶、大树杜鹃、红豆杉等等，郁郁葱葱的，好像没有一片凋零的叶子，它们享受着雨季，吸收着雨水，哺育着林下的其他生灵。

森林的下面又有哪些宝贝呢？说实话，森林里面的好东西真的是太多了，而最让人们期待的是两种，其一是不可思议的野生菌群，其二是不可多得的珍稀药材。在这里，我只想说说那些不可思议的野生菌群。

这是个美味的季节、诱人的季节，也是个有风险的季节。我们在乡下转的时候，每到一处，市场上总是"菌群"满目，有牛肝菌、青头菌、铜绿菌、鸡油菌、干巴菌、鸡枞菌、大红菌，还有白参、木耳等等，不过，在腾冲人心中最好的就是鸡枞菌和大红菌了。

鸡枞菌很特别，它是一群特殊的蚂蚁反复爱恋的结晶。到目前为止，还无法人工栽培。鸡枞菌很鲜、很甜、很是美味，吃法也很多，可以清炒、炖汤、蒸煮。当然，最出名的就是油鸡枞了，"油鸡枞"，顾名思义，用油炸之，可长期保存食用，也是赠友之极品了。

大红菌是腾冲很好的佳品，尤其是北部的红菌，个大、肉厚、鲜嫩，具有补血养颜之功效。据当地人说，红菌熬鸡汤，过去是女人坐月子最好的补品。后来人们常吃的是红菌煮腊肉或是煮猪脚，当然，其他吃法也很多。红菌是补品，主要是补血和补钙。所以，在腾冲能吃到新鲜的大红菌也算是一种缘分了。

腾冲的雨是有情的，感觉很遥远，又感觉很近。当你想它的时候，它一定会如约而至，所以，我觉得，腾冲的雨就住在高黎贡山之巅。什么时候下山，全凭你一念之间……

腾冲的雨是有爱的，在太平洋和印度洋暖流的交汇地——高黎贡山，它们把最深的爱给了腾冲大地……

腾冲的雨是正义的，在日本人占领腾冲的年代，雨水从四面八方涌来，聚在高黎贡山之云端，随时准备向侵略者发起最后的攻击……

腾冲的雨是有情怀的，在我生活的日日夜夜，它总是随着我游动，依着我前行，伴着我走向远方……

话说回来，腾冲的雨真的很神奇，2011年8月，为缅怀中国远征军收复腾冲的壮举，当地举行"忠魂归国"活动。夜里倾盆大雨，早上阴雨蒙蒙，当举行英烈遗骸安葬仪式的时候，雨停了，雾散了，太阳出来了……

其实呢，腾冲是高黎贡的宠儿，那里不仅雨量充沛，而且，地热资源十分丰富。记得那一次，在高黎贡山之下，在一个叫界头的地方，我们在雨中泡温泉，裸着身体，向着天空，感觉心灵真的得到了空前的洗礼和无限的净化……

腾冲的雨是深沉的，一阵阵地来，又一阵一阵地去，打在你的身上，落在你的心上，让人欢喜又让人忧伤，似爱情，又似友情……

腾冲的雨是透明的，当面而来，拂面而去，从不犹豫，从不迟疑。就在你我不经意的时候，劈头盖脸地，给你满满的欢迎……

腾冲的雨是真实的，从初春到深秋，该来就来，该去就去，没有怀疑，没有隐瞒，一天天地，一月月地，一年年地，淅淅沥沥地，一直滋润着那片多情的土地。想念腾冲！想念腾冲的雨！

我与山的情和缘

　　云南多山，山是云南的地貌，山是云南的重要特征。山像云南人，纯朴自然，厚重厚德。山是文化之根，山是生命之源，山是万物之宗。

　　我的家乡凤庆是山中之山，我出生的村庄有个小团山，小团山后面是墩子山，我外婆的家在背阴山，我姐嫁到地界山，太阳升起之处是万米山，太阳落山的地方叫大雪山，父亲常常说起的是营盘山！

　　万米山是当地较高的山，没有一万米，却以万米冠之。大雪山不能终年积雪，春节前后一两个月而已。背阴山总能迎来早晨的第一缕阳光，地界山离我家很近。营盘山与军事无关，是赶马人常年歇脚的地方！

　　我家乡的山多为仞山，层层叠叠，山中有山。几百米是一座山，几千米也是一座山。山山相拥，山山相依，山山相连，山外有山。村庄或在山顶，或在半山，或在山脚。炊烟起时总是围着山里绕！

有山就有水，有水就有万物。山里的水多为泉水，要么出在山洼里，要么流淌在山与山的沟里。沟边是水芹菜和香菜生长的地方，小时候，总要跟随母亲临时去采一些。采之不尽，取之不竭！这山野之趣成了我的记忆，成了母亲永远的背影！

我的家乡啊！山多水多云雾多，进入春天以后，清晨的云雾总会满山跑遍。跑上茶山，跑进了山里人家。云雾润着土地，润着茶园，润着人心，润成了"滇红"！我想，"滇红"之所以成名一定与这山，这水，这雾有关吧！

我的父亲没有走出大山，所以我从小的梦想就是走出大山。父亲少言语，山里来山里去，一辈子一个动作，日出而作，日落而息。简单朴实，善良坚韧。一袋旱烟，半杯苦茶，几杯烈酒！如此而已……

我离开家的时候，山里下着秋雨。是父亲母亲一起送的我，我没有回头，没有勇气回头！一路上经过了很多山，很多我不知道名字的山，只感觉外面的山更多，更高，也更大！最终，在西山之边，滇池之旁，求学逐梦。是不是真的走出了大山呢？我真的不知道。

"越过山丘，才发现无人等候"，最后我又回到了家乡，回到了山里。所不同的是，我认识了更多的山，并且喜欢上了大山。水从小溪变成了大河，大河变成了大江，知道了水的博大，山的宽广！从阿佤山到了无量山，从无量山再到高黎贡山，我看到了山的真容，山的从容，山的尊严，山的伟大。我呀！原来是这样地渺小，这样地平常，这样地不值一提！

"不识庐山真面目，只缘身在此山中"，在后来的岁月里，每次出差到外地，我都要去看不同的山，在黄河之边，在太行山上，在井冈山，在黄洋界。我陷入了最深情的沉思！大山是脊梁，中华民族的脊梁。大山是生命，大山是摇篮，红色革命的摇篮！

山之美，大美！山之壮，壮哉！人们说，"五岳归来不看山，九寨回来不看水"。我想说，祖国的山河哪里都很美！哪里都看不够！只是有些地方，文人墨客去得多，留下的笔墨就多，人们传说也就多了。可人的一生总是有限的，在有限的生命中，我们没有去过的，我们不知道的，我们没有看到的，就我个人而言，还有很多很多…

我爱我的祖国！我爱云南！我爱家乡的山。如果有人问我，余生的最大梦想是什么？我会毫不迟疑地告诉他，我最大的梦想是，看遍祖国的每一座山，抚摸祖国的每一条河！如果有人还问我，死了以后的愿望呢？我就悄悄告诉他，我要回到山里，化作一份氮磷钾，滋养一棵小树苗，助它长成参天大树，永远守望着那里的青山绿水！

和顺的香樟树

香樟树，大地之精灵，长在荒野，站在乡村，不择天时，不选地利，一粒种子，一捧泥土，随性生长。随遇而安，独立成景。万木之中，唯我独尊。

也算是天性使然吧，在山里长大的我，对树木有种特殊的情感，一路走来，种过很多树，也看过很多树，遇到参天古木，百看不厌，那些或百年或千年的古树，收录了多少风雨，天知道，地知道，树知道。

然而，在所有的树木之中，我独爱香樟树。在村口，在地头，在山间，在路旁，那冠覆如伞，郁郁葱葱，四季常青的，一定是云南的香樟树。当然，随着岁月的变迁，香樟树也进入都市，成为亮眼的行道树，给城里人送去许多阴凉，人们早已是见怪不怪。

不过，有个地方，却时常让我想起，那里有很多树，有很多的香樟。那里还有很多故事，有很多传奇。每每想起那个地方，都有种想要再去看看的冲动，这是一方记忆，这是一种乡愁，也是一份思念。这个地方叫——和顺。

和顺，一个内涵深刻的词语，一个让人向往的地方，一个有着六百多年历史的古镇。南方古丝绸之路在国内的最后驿站，历经风雨，仍旧魅力无限。看着那些或深或浅的马蹄印，远去的铃声，仿佛还在耳边。这里的和顺人家啊，绿树掩映，顺山而住，伴水而居。我想，人们所谓天上人间，是不是就是这样呢？

和顺，一部天上散落的汉书，记载着内和外顺，天地人和的智慧，书写着英才辈出的故事，记录着石头与翡翠的传奇，收集着丝绸之路的光芒，续写着天下和顺的新歌。当然，这里也收录着人间百态，还有悲欢离合的无常。

古镇有六百年，古树也有六百岁。在这里，每一棵树都有自己的名字，都有自己的主人，都有主人的故事。顺着河道看看，柳树枯而不朽。沿着古镇走走，榕树覆荫着楼亭。找一小院随意坐坐，灰墙黛瓦之间，处处折射着和顺的阳光。

大月台有两棵奇树，左边是香樟树，右边是大叶榕。相传，这是和顺先人借树之意，告诉子孙，人，立于天地之间，既要"彰显个性"又要"包容天下"。由此可见，树在这里是一种文化。

十年育人，百年育树。在和顺还有着中国最早的乡村图书馆，藏书达十万余册，据说，这里的人读书断句只是基本功，连放牛的人都会写一手好字，都会背诵一些唐诗宋词。南来北往之后，这里早已名扬四海，和顺也不再是简单的地理标志了。

斯人已去，树木犹在，在和顺的西边古驿道上，站着五棵香樟树，迎着风，伴着雨，一站就是六百年，站成了参天，站成了风景，从这条古道走出去的，走回来的，都收录在它的纹路之中。

五棵香樟树长在路旁，顺风顺水，自由自在。它的枝条自由地伸向天空，它的根脉自在地扎向大地。粗糙的皮，坚韧的干，油绿色的叶子，还有正在努力生长的新枝，一切都恰到好处。当你随缘而至的时候，叶片便随风而动，所发出的声响啊！请你静静地聆听，那是对你永远不变的真情！

香樟树就在那里。为什么是五棵呢？是什么人种下的呢？要说明什么呢？我想，这一定是高人所为吧！崇尚和顺文化的人们一定是有所考量的，是不是代表金、木、水、火、土五行之道呢？相生相克，一切释然！

香樟树还在那里，枝繁叶茂，正当壮年，还在不停地生长。我站在树的下面，想要数清每棵树上的枝条，可是，怎么也数不清。只看见枝上长枝，枝外有枝，成百枝，成千枝，上万枝，它们相互映衬，它们融为一体。难怪乎！和顺的人们把它尊为"千手观音"。有此一说，越看越像，在不知不觉之中，心里充满了许多禅意，这样的奇观，确实少见，见了，还想再见！

香樟树永远在那里，从不孤独，从不寂寞。有人走近了，有人走远了。在聚和散之间，所有的美好都留在了那里。不是吗？你看，就在不远的地方，一处古老的院子里又传来了美妙的歌声。我在想，那里的主人一定很美，因为，她已经把灵魂融进了这美丽的山水田野之间了。

刚毅坚卓

"刚毅坚卓",这四个字,每一个字都有着独立的含义,每一个字都折射出汉文字创始者的智慧,每一个字都包含着中华文化的精粹,每一个字都像黄河发出的吼声,每一个字都有滚滚长江一往无前的回响。

"刚毅坚卓"是西南联合大学的校训,写在中华民族最危难的时刻,写在那战火纷飞的年代,仿佛每一笔都是用刀雕刻出来的 —— 刻在历史的天空里,雕在这深情的大地上。

2020年1月20日,正在云南考察调研的习近平总书记,专程前往西南联大旧址参观考察。1937年抗战全面爆发后,北京大学、清华大学、南开大学三校被迫南迁,联合组成长沙临时大学,辗转迁徙到昆明,成立西南联合大学。总书记详细了解西南联大在抗战艰苦条件下赓续中华民族文化血脉、为国家培养人才的历史。总书记深有感触地说,国难危机的时候，我们的教育精华辗转周折聚集在这里，形成精英荟萃的局面，最后在这里开花结果，又把种子播撒出去，所培养的人才在革命建设改革的各个历史时期都发挥了重要作用。

"刚毅坚卓"是一种使命。这种使命与国家命运、民族前途紧密相连。1937年7月7日卢沟桥事变，日本对华发动全面战争，中华民族面临着最严重危机。全民抗战爆发后，随着平津的迅速沦陷，北大、清华、南开也不可避免地遭遇到空前的浩劫。三校被迫迁往湖南长沙，联合组建长沙临时大学。然而，在不到半年的时间里，南京再次沦陷，长沙告急，为了中华民族的血脉，为了抗战，为了国家的前途命运，为了让学校继续办下去，学校常务会决定，将学校迁往远离前线且能保持对外畅通的昆明。

1938年2月，长沙临时大学分三路入滇。一路沿粤汉铁路至广州、香港乘船到越南海防，转滇越铁路到昆明；另一路乘汽车沿湘桂公路经桂林、柳州、南宁，再转滇越铁路抵昆明；再一路则组成"湘黔滇旅行团"，徒步三千五百里横跨三省进入昆明。三路师生会师昆明后，长沙临时大学改为西南联合大学，并于5月4日正式开课。值得一提的是，西南联大开办初期，所有校舍均为租借，由于资源紧缺，文学院、法商学院则远寄蒙自，直到1938年8月才正式迁入校本部——昆明。

"刚毅坚卓"是一种风骨，一种中国知识分子特有的风骨。我上班的地方离西南联大旧址不远，"五一"长假后的星期天下午，我独自前往云南师范大学老校区，沿着总书记刚刚走过的足迹，一个人慢慢地走，慢慢地看，慢慢地想。我仿佛看到那战火纷飞的岁月里，一个个身穿长袍的先生，带着一群热血青年，在警报声中高声唱着"我们万众一心，冒着敌人的炮火，前进！前进！前进进！"当我从博物馆出来的时候，泪水早已溢满眼眶……

其实，我已经是第三次参观西南联大旧址了。每一次都热血沸腾，每一次都泪光闪烁，每一次都会在这里找到无穷的力量。八十多年过去了，这里早已沧桑巨变，可我仍能感受到先辈们尚未走远！

第一次知道西南联大是在读中学的时候，班里的语文老师姓李，高个子，瘦身材，上课喜欢踱方步，讲朱自清的散文《荷塘月色》不看课本，却能一字不差地背诵全文，我对此佩服不已。讲朱自清其人的时候，专门讲到了西南联大，说朱自清在昆明的时候很穷，穷得连乞丐都看不上。有一次朱自清独自走在大街上，一乞丐追着他要钱，他反复跟乞丐说："我真的没有钱。"乞丐不相信，仍一直跟在后面，朱自清无奈之下对乞丐说："别跟着了，我是西南联大的教授。"乞丐一听，转身走了，嘴里仍念念有词："早说嘛，害我白跟了半天。"老师说到这里，眼里闪着泪光。那是我记忆中最安静的一堂课，在我年少的心里有了第一个偶像——朱自清。

后来，我到昆明上学，知道了更多西南联大的故事。在抗战最艰难的时刻，主要的对外交通被敌人封锁，很多援华物资主要通过滇缅公路、滇越铁路、驼峰航线运往前线。云南作为大后方，为抗日战争的最后胜利做出了重大牺牲。置身昆明的西南联大，也时常遭到日本飞机的轰炸。

汪曾祺先生有篇散文叫《跑警报》，说联大一位历史系教授雷海宗先生，他开的课因讲授多年，已经背得很熟，课前无须准备，下课了，讲到哪里算哪里，自己也不记得。每回上课，都要先问学生："我上次讲到哪里了？"然后就滔滔不绝地接着讲下去。班里有个女同学，笔记记得最详细，一句不落。雷先生有次问她："我上一课最后说的是什么？"这位女同学打开笔记夹，看了看，说："您上次最后说：现在已经有空袭警报，我们下课。"……

就是在这样极为艰苦的条件下，师生们吃的是粗粮，穿的是单衣，并且只能是吃不饱，饿不死。教师抱着教育救国的信念，学生怀着学习报国的理想，他们同仇敌忾，他们勠力同心。在克服种种困难之后，最终迎来抗日战争的最后胜利。

"刚毅坚卓"是一种情怀，一种流淌在血液里的家国情怀。抗战全面爆发，北大、清华、南开三校有很多教授已经在国外研究、讲学或工作，他们毅然回国，与祖国共命运。在剑桥大学工作的华罗庚教授，放弃继续在海外工作的计划，艰难辗转回到联大任教。物理化学家黄子卿教授在美国被多所大学挽留，人们劝他说："你的祖国正像一只破船在风雨中飘摇，哪里会有美国这样的研究条件？"黄子卿坚定地回答："我愿和我的祖国一起受苦。"像这样的例子还有很多，他们是中国知识分子的优秀代表。

关于西南联大，国内外很多学者从不同角度进行过很多专业性研究。他们发现，西南联大会聚了当时的国粹级精英，培养出了大批栋梁级的优秀人才。在昆明的八年时间，就读的学子约八千人，获得西南联大毕业证书的近四千人，还有一千多人投笔从戎，为民族的独立和解放做出了自己的贡献，有的献出了宝贵的生命。最了不起的是，在西南联大的师生当中，总共产生了一百七十多位两院院士，八位"两弹一星"功勋奖章获得者，两位诺贝尔奖获得者，五位国家最高科学技术奖获得者，还有一大批人文社会科学方面的一流人才。一个个响亮的名字，一曲曲感人的赞歌，已永载史册。

"刚毅坚卓"是一种精神，是一种以爱国为底色的合作精神。冯友兰先生在《国立西南联合大学纪念碑碑文》中写道："缅维八年支持之苦辛，与夫三校合作之协和，可纪念者，盖有四焉：我国家以世界之古国，居东亚之天府，本应绍汉唐之遗烈，作并世之先进，将来建国完成，必于世界历史居独特之地位。盖并世列强，虽新而不古，希腊罗马，有古而无今。惟我国家，亘古亘今，亦新亦旧，斯所谓'周虽旧邦，其命维新'者也！旷代之伟业，八年之抗战已开其规模、立其基础。今日之胜利，于我国家有旋乾转坤之功，而联合大学之使命，与抗战相终始，此其可纪念者一也。文人相轻，自古而然；昔人所言，今有同慨。三校有不同之历史，各异之学风，八年之久，合作无间。同无妨异，异不害同，五色交辉，相得益彰，八音合奏，终和且平，此其可纪念者二也……"

"刚毅坚卓"是一群人啊，一群脚踏黄河、手摸长江的人。黑色的眼睛，黑色的头发，黄色的皮肤，他们是龙的传人。他们打败了日本侵略者，他们解放了全中国。他们传播着中华文明，他们走在民族复兴的大道上！

图书在版编目（CIP）数据

我在腾冲等着你 / 羽翼著. -- 北京：作家出版社，2023.5

ISBN 978-7-5212-2175-6

Ⅰ. ①我… Ⅱ. ①羽… Ⅲ. ①诗集 - 中国 - 当代 Ⅳ. ①I227

中国国家版本馆CIP数据核字（2023）第022345号

我在腾冲等着你

作　　者：羽　翼

责任编辑：宋辰辰

装帧设计：意匠文化·丁奔亮

出版发行：作家出版社有限公司

社　　址：北京农展馆南里10号　　邮　　编：100125

电话传真：86-10-65067186（发行中心及邮购部）

　　　　　86-10-65004079（总编室）

E-mail:zuojia@zuojia.net.cn

http://www.zuojiachubanshe.com

印　　刷：唐山嘉德印刷有限公司

成品尺寸：142×210

字　　数：95千

印　　张：8.625

版　　次：2023年5月第1版

印　　次：2023年5月第1次印刷

ISBN 978-7-5212-2175-6

定　　价：49.00元

我
在腾冲
等着你